格林爷爷的花园

［美］莱恩·史密斯 作　　陈科慧 译

21 二十一世纪出版社
21st Century Publishing House

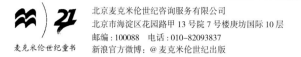

北京麦克米伦世纪咨询服务有限公司
北京市海淀区花园路甲 13 号院 7 号楼庚坊国际 10 层
邮编：100088　电话：010-82093837
新浪官方微博：@麦克米伦世纪出版

图书在版编目（CIP）数据

格林爷爷的花园 /（美）史密斯著；陈科慧译. --
南昌：二十一世纪出版社, 2012.5 (2016.8重印)
ISBN 978-7-5391-7440-2
Ⅰ.①格… Ⅱ.①史… ②陈… Ⅲ.①儿童文学 –
图画故事 – 美国 – 现代 Ⅳ.①I712.85

中国版本图书馆CIP数据核字(2013)第251962号

Grandpa Green
First published by Roaring Brook Press, a division of
Holtzbrinck Publishing Holdings Limited Partnership
GRANDPA GREEN by Lane Smith
Copyright © 2011 by Lane Smith
All rights reserved.

版权合同登记号：14-2012-077

格林爷爷的花园

［美］莱恩·史密斯 作　　陈科慧 译

编辑统筹　魏钢强　　责任编辑　连　莹
美术编辑　鞠一村　费　广
出版发行　二十一世纪出版社（江西省南昌市子安路75号　330009）
www.21cccc.com　cc21@163.net
出版人　张秋林　　经销　全国各地书店
印刷　北京尚唐印刷包装有限公司
版次　2012年5月第1版　2013年1月第2版　2016年8月第3版　2016年8月第8次印刷
开本　889×1194 1/16　印张　2.5
书号　ISBN 978-7-5391-7440-2-01
定价　35.00元

赣版权登字 04-2012-99　版权所有，侵权必究
发现印装质量问题，请寄本社图书发行公司调换 0791-86512056

格林爷爷出生在很早很早以前，

比电脑、手机和电视还要早。

他在农场长大，
那里有猪啊、玉米啊、胡萝卜啊……

还有鸡蛋。

小学四年级的时候
他长了水痘*。

*可不是玩水惹的祸。

他不得不请假待在家里。
于是他读了关于秘密花园、魔法师，
以及能干的小火车头的故事。

初中的时候，

他第一次偷吻女生。

高中后，他的愿望是去学习园艺，

但却不得不参加了一场世界大战。

在一家小咖啡馆，
他遇见了未来的妻子。

战争一结束，他们就结了婚。

他们一起幸福地生活了很多年，
从没吵过架。

至少他是这样讲的。

后来他们有了孩子，又有了好多孙子孙女。还有了一个曾孙，那就是我。

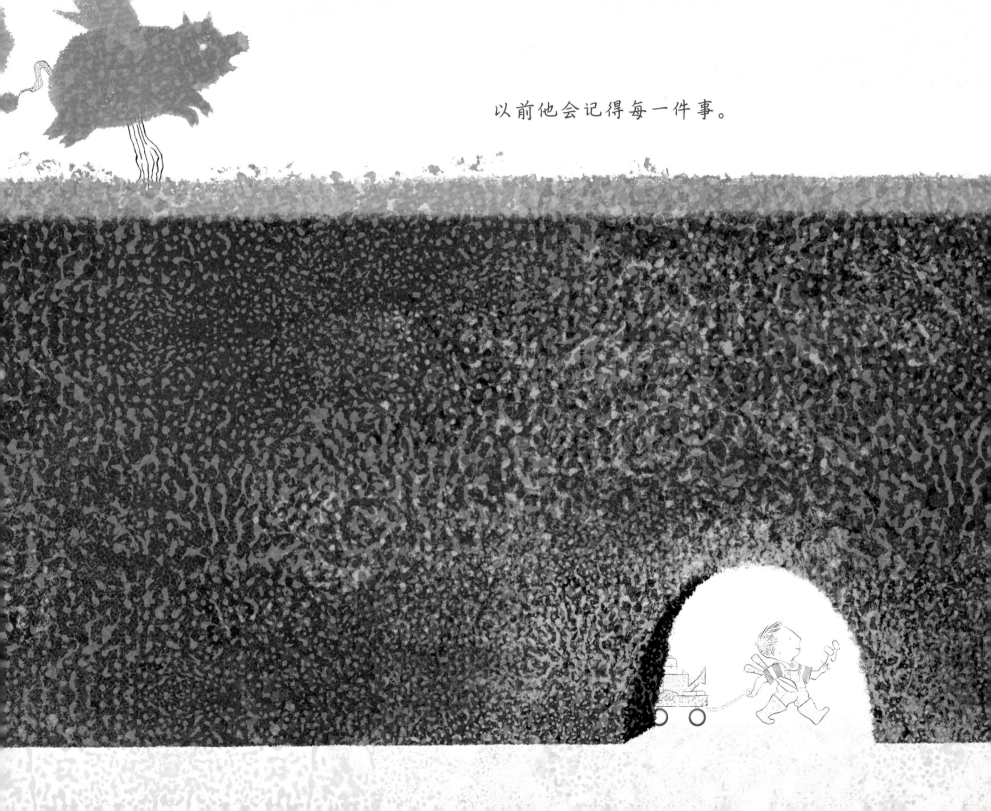

以前他会记得每一件事。

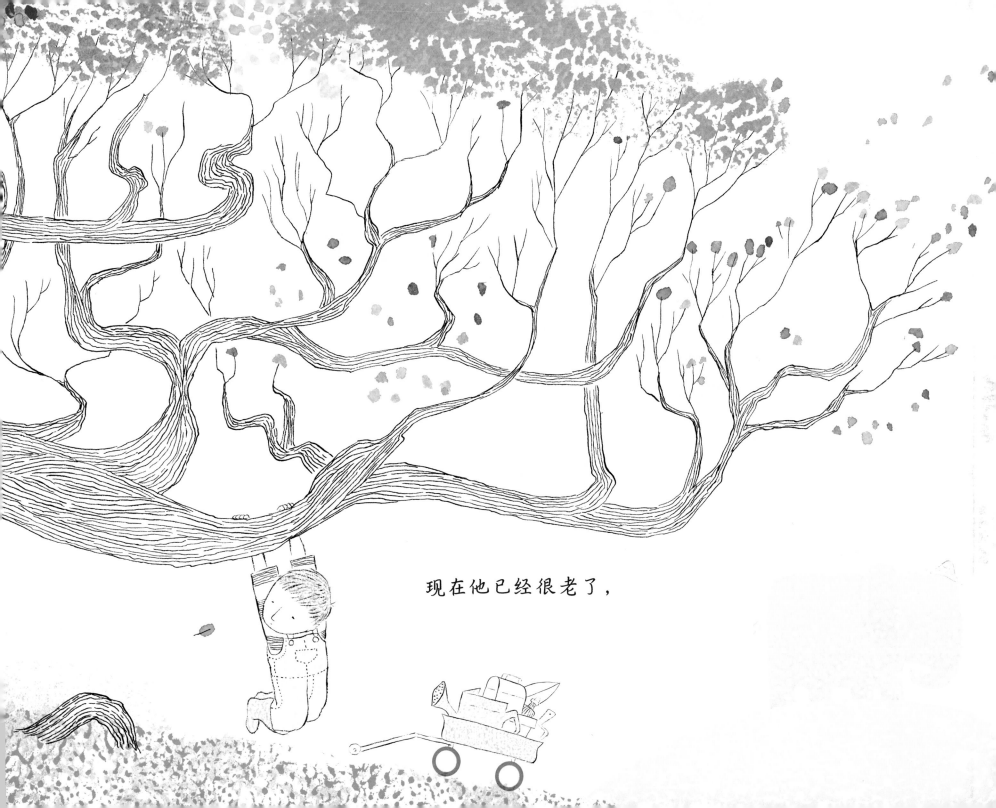

现在他已经很老了，

也时常会忘记些事情，

比如他最喜欢的软草帽。

但是最重要的东西，

他的花园全都为他记了下来。

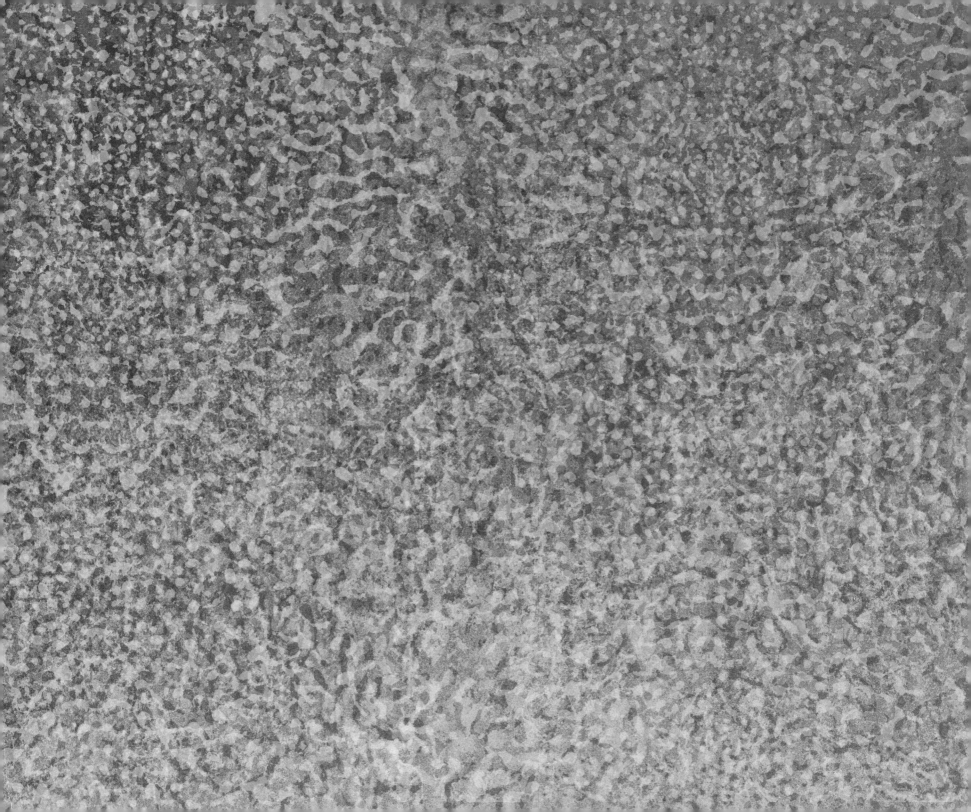